Escuela de Espanto

¡La escuela está VIVA!

Jack Chabert
Ilustrado por Sam Ricks

BRANCHES™

SCHOLASTIC INC.

Al más fantástico monitor de pasillo de toda la historia,
Matthew McArdle — JC

Originally published in English as *Eerie Elementary: The School Is Alive!*

The publisher does not have any control over and does not assume any responsibility
for author or third-party websites or their content.

No part of this publication may be reproduced, stored in a retrieval system, or transmitted
in any form or by any means, electronic, mechanical, photocopying, recording, or otherwise,
without written permission of the publisher. For information regarding permission, write to
Scholastic Inc., Attention: Permissions Department, 557 Broadway, New York, NY 10012.

ISBN 978-1-338-03842-2

10 9 8 7 6 5 4 3 2 1   16 17 18 19 20

First Spanish printing, 2016

Book design by Will Denton

CONTENIDO

1: COMENZAMOS... 1

2: EL SR. NECROCOMIO 9

3: TICTAC, TICTAC 14

4: ALGO SE DESPIERTA 18

5: EL ESQUELETO 24

6: UN PELIGRO REAL 28

7: ¡CRÉANME! 34

8: EN LA OSCURIDAD 40

9: ¿UN HÉROE? 45

10: LA MÁQUINA 49

11: ALGO MUY GRANDE 56

12: LA BESTIA DEL SÓTANO 58

13: LA BOCA CANDENTE 67

14: ¡CÓMETE ESTO! 76

15: SAMUEL CEMENTERIO, MONITOR DE

PASILLO 86

COMENZAMOS...

—¡Esto es horrible! —dijo Samuel Cementerio mirando la banda anaranjada que tenía en sus manos—. No puedo *creer* que tenga que ponerme esto.

Era lunes por la mañana y Samuel estaba con sus mejores amigos, Antonio y Lucía, frente a los casilleros. Estaban esperando a que sonara la campana.

—Espera, ¿tú eres monitor de pasillo? —dijo Antonio—. No sabía que en la Escuela Primaria de pueblo Espanto tenían monitores de pasillo.

—Ahora decidieron tenerlos —dijo Samuel dando una patada en el piso—. ¡Y es una lata! El director llamó a mi madre anoche y le dijo que me habían elegido. *¡Uf!* Qué pesadez. Voy a tener que estar en el pasillo gritando: "¡Vayan para los salones!" y "¡No monten patineta en el pasillo!".

—Bueno, al menos podrás usar esa banda anaranjada tan bonita —bromeó Lucía.

Samuel le sacó la lengua.

¡RIIIIIN!

—Vamos, está sonando la campana —dijo Antonio.

—Vayan ustedes —dijo Samuel frunciendo el ceño—. Yo tengo que quedarme aquí hasta que todos los estudiantes entren a sus salones.

—Nos vemos allá adentro —gritó Lucía.

En unos instantes, el pasillo quedó vacío y Samuel empezó a recorrer la escuela. Miró hacia fuera por los cristales de la entrada principal, y vio a uno de sus compañeros en el patio.

—¡Eh, Boris! —gritó Samuel—. Ya sonó la campana. Tienes que... ir al salón.

Boris puso mala cara. Luego entró a la escuela y pasó por al lado de Samuel sin mirarlo.

"¿Ves? A todo el mundo le cae mal el monitor de pasillo", pensó Samuel.

Iba a cerrar la puerta cuando sintió una ráfaga de aire frío. Entonces vio que a Boris se le había caído la gorra en el patio.

"La maestra no se va a molestar porque salga un segundo afuera", pensó Samuel.

El aire estaba helado. Las hojas anaranjadas y rojas revoloteaban sobre el suelo mecidas por el viento. Samuel se metió las manos en los bolsillos. Podía ver su aliento. Era como si pequeños fantasmas bailaran en el aire frente a él.

Alzó los ojos hacia la escuela. Parecía un viejo castillo a punto de desmoronarse. La pintura de las puertas y ventanas estaba descascarada. Sobre el techo estaban posados unos cuervos negros inmensos que lo miraban fijamente. Sintió que se le ponían los pelos de punta.

No quería quedarse afuera más tiempo del necesario. Salió corriendo hacia el área de juegos. Cuando estaba a punto de llegar a los columpios, algo le agarró el tobillo.

Samuel miró hacia abajo. ¡Sus pies se hundían en la arena!

Bueno, claro que los pies *se* hunden en la arena. ¡Pero no tanto! Algo lo estaba halando hacia abajo.

—¡SOCORRO! —gritó Samuel.

La arena ya le llegaba por encima de las zapatillas. Se inclinó para tratar de sacar los pies halándolos con las manos. ¡Pero la arena estaba mojada!

"¿Arenas movedizas?", pensó.

Parecían las arenas movedizas de las películas de Tarzán que había visto con su papá. Pero Samuel estaba seguro de que las arenas movedizas eran algo que uno se encuentra en la selva o en las películas, no en el área de juegos de la escuela.

—¡Auxilio! ¡Socorro! ¡La arena me está *tragando!* —gritó Samuel.

Ahora le llegaba hasta las rodillas. Comenzó a patear y a forcejear. Vio como la arena engullía la gorra de Boris.

No lograba escapar. La arena mojada y fría ya le llegaba hasta la cintura. Samuel cerró los ojos. Se hundía cada vez más...

EL SR. NECROCOMIO

2

Cuando las arenas movedizas estaban a punto de sepultar completamente a Samuel, una mano lo agarró por la muñeca. Abrió los ojos. Era el Sr. Necrocomio, el viejo que cuidaba la escuela..

El Sr. Necrocomio lo haló y Samuel pudo salir de la arena.

—La arena —dijo Samuel jadeando— trató de tragarme.

El Sr. Necrocomio se levantó lentamente. Estaba también sin aliento. Su cara parecía un papel que alguien hubiera estrujado en forma de pelota y luego vuelto a estirar. Miró a Samuel con sus ojos pequeños y grises, y el chico sintió un escalofrío que le recorrió la espalda.

—Debes tener más cuidado o no vas a durar mucho como monitor de pasillo, Samuel Cementerio —gruñó el Sr. Necrocomio.

—¿Tener cuidado con qué? ¿Acaso otros lugares de la escuela podrían tratar de tragarme? —dijo Samuel, y se quedó pensativo por un momento—. Y, ¿eso qué tiene que ver con que sea monitor de pasillo? ¿Y qué le importa a *usted* que yo sea monitor de pasillo o no?

El Sr. Necrocomio comenzó a caminar.

—Porque yo fui quien te eligió —dijo sin mirar atrás.

—¿Cómo? ¿Por qué? —dijo Samuel.

El Sr. Necrocomio no contestó. Simplemente dobló por la esquina y desapareció.

Samuel no podía creer lo que acababa de pasar.

"Este ha sido el día más raro de mi vida. ¡Y son sólo las 8:30 de la mañana!", se dijo.

Tenía que contarles a Lucía y a Antonio sobre las arenas movedizas y su conversación con el extraño Sr. Necrocomio. Pero antes debía quitarse la banda anaranjada. Entró corriendo a la escuela y abrió su casillero.

"¡Ufff!"

Retrocedió tapándose la nariz. ¡Del casillero salía un olor insoportable!

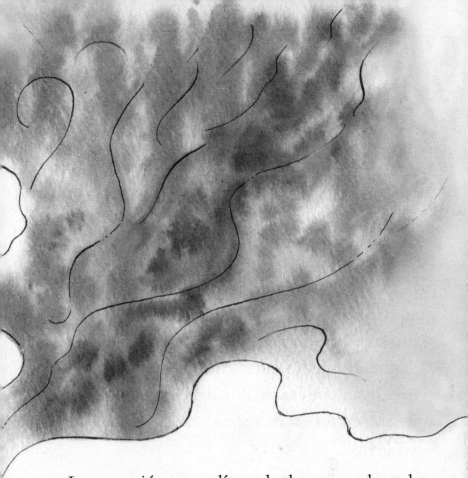

Le pareció que olía a leche con chocolate vencida o algo parecido.

"¿Qué habré dejado ahí?", se preguntó.

Samuel tiró la banda dentro del casillero. Entonces se dio cuenta a qué olía: *a mal aliento*.

TICTAC, TICTAC

3

Samuel cerró el casillero de un tirón. Luego fue a toda velocidad hacia el salón de la Sra. Gómez. La maestra era bajita y delgada, con el pelo crespo gris. Estaba escribiendo en el pizarrón los papeles que desempeñaría cada alumno en la obra de teatro que representarían el viernes.

Samuel se sentó entre Antonio y Lucía.

—Oigan, me ha pasado algo muy raro. Quedé atrapado en *arenas movedizas* en el área de juego —susurró.

Lucía lo miró asombrada. Antonio se rascó el mentón. Los dos trataban de no reírse.

—Si les hubiese pasado a ustedes —dijo Samuel—, no les parecería gracioso.

—¡Samuel! ¡Lucía! ¡Antonio! —gritó la Sra. Gómez.

Los chicos miraron al frente.

—Por favor, presten atención. Todavía no he terminado de asignar los papeles para *Peter Pan* —añadió la maestra.

—Yo voy a ser Peter Pan —le susurró Antonio a Samuel sonriendo.

Samuel pensaba que su amigo Antonio era el chico más feliz que conocía. Siempre estaba sonriendo.

—Yo voy a ser Wendy —susurró Lucía.

—Samuel, tú vas a hacer el papel de Noodler. Es el pirata bueno de la tripulación del Capitán Garfio —dijo la Sra. Gómez.

Samuel asintió, pero solo podía pensar en el área de juegos devoradora de hombres.

El resto del día lo pasó mirando por la ventana. La brisa mecía las ramas de un viejo roble. El árbol se movía de una manera muy extraña. Samuel se inclinó hacia la ventana. El árbol parecía una mano inmensa que lo saludaba.

El chico sintió un escalofrío. Entonces, miró el reloj que había en el otro extremo del salón.

"¿Cuándo se va a acabar este día?", se dijo.

No paraba de escuchar el sonido del reloj.

TICTAC...

TICTAC...

TICTAC...

"¿Cómo es posible que oiga el tictac del reloj desde aquí?", se preguntó.

Entonces, el sonido del reloj cambió. Samuel ya no oía *tictac, tictac, tictac*. El reloj ahora hacía *babum, babum, babum*.

Samuel no lo podía creer.

"No suena como un reloj normal. Pero yo conozco ese sonido…", pensó.

BABUM, BABUM, BABUM.
BABUM, BABUM, BABUM.

¡Sonaba como un corazón!

ALGO SE DESPIERTA

4

Samuel se tapó los oídos, pero siguió escuchando el sonido hasta que...

¡RIIIIN!

Llegó el final de las clases. Samuel salió con los otros niños al pasillo y recogió la banda de monitor de su apestoso casillero.

—Nos vemos mañana, Samuel —dijo Lucía.

Ella y Antonio se echaron sus mochilas a la espalda y salieron corriendo.

Samuel suspiró. Quería irse a casa corriendo también. Quería tirarse en el sofá y quedarse dormido. Y luego quería despertar y darse cuenta de que ese día había sido sólo una horrible pesadilla. Sin embargo, ahora tenía que ir a cumplir con su deber de monitor de pasillo.

Samuel se paró cerca de los casilleros de tercer grado. Lo único que lo mantenía despierto era el aire frío que sentía en el cuello. Era como si la escuela le estuviera soplando su aliento helado. Entonces, se dio cuenta de que estaba debajo de una de las salidas del aire acondicionado.

"¡Brrr!"

No se veía a ningún maestro por allí. Así que Samuel pensó que podía sentarse. Se sentó en una silla que estaba junto a la puerta de la dirección.

"Voy a descansar un minuto...", se dijo.

Sin embargo, muy pronto sintió que los ojos se le cerraban. Se estaba quedando dormido.

Al despertar, Samuel se sintió *muy* confundido. Los pasillos estaban a oscuras. Y la oscuridad era casi absoluta.

"¿Qué hora es?", se preguntó levantándose de la silla.

El chico se restregó los ojos. Corrió hasta el final del pasillo. Se acercó a las puertas dobles de la entrada principal y miró hacia fuera. Todo estaba oscuro como si fuera medianoche.

"¿Cuánto tiempo estuve dormido? A mamá le dará un ataque de nervios —pensó—. ¡Tengo que ir a casa enseguida!"

Trató de abrir las puertas, pero estaban cerradas con llave.

—Eh... —susurró Samuel—. ¿Hay alguien ahí? Me quedé dormido y...

¡CLANG! ¡CLANG! ¡CLANG!

Se dio vuelta. ¡Las puertas de todos los casilleros se fueron abriendo, una tras otra, por todo el pasillo!

Samuel retrocedió de un salto. El corazón se le iba a salir del pecho.

¡CLANG! ¡CLANG! ¡CLANG!

¡Las puertas de los casilleros se cerraron de nuevo! Samuel deseaba que todo fuera una pesadilla. Volvió a darse la vuelta y trató con todas sus fuerzas de abrir las puertas de la escuela.

Pero fue inútil. No se abrieron. Estaba atrapado.

Atrapado dentro de la Escuela Primaria de Espanto.

EL ESQUELETO

De pronto, las puertas dobles se abrieron lanzando a Samuel al suelo. Y luego volvieron a cerrarse violentamente. Samuel seguía atrapado dentro de la escuela.

—¡Ay! —gritó al golpearse.

"Todo el mundo sabe que no puedes darte golpes en un sueño, así que esto tiene que ser real", pensó.

¡Ahora estaba seguro de que tenía que escapar! ¡La escuela se estaba convirtiendo en un ser vivo!

Samuel corrió hacia su salón de clases. Se acercó a la ventana y comenzó a agitar los brazos. Tenía la esperanza de que alguien lo viera y lo ayudara.

Pero lo único que vio fue el gigantesco roble meciéndose en el viento.

Pero, ¿cómo? *No* hacía viento. Los otros árboles no se movían. Y las hojas en el suelo estaban inmóviles. ¡Lo único que se movía era el roble!

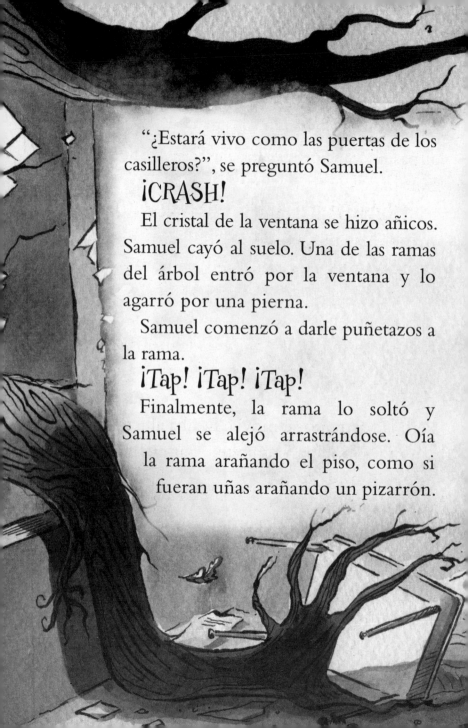

"¿Estará vivo como las puertas de los casilleros?", se preguntó Samuel.

¡CRASH!

El cristal de la ventana se hizo añicos. Samuel cayó al suelo. Una de las ramas del árbol entró por la ventana y lo agarró por una pierna.

Samuel comenzó a darle puñetazos a la rama.

¡Tap! ¡Tap! ¡Tap!

Finalmente, la rama lo soltó y Samuel se alejó arrastrándose. Oía la rama arañando el piso, como si fueran uñas arañando un pizarrón.

El árbol estaba tratando de agarrarlo de nuevo. Samuel se abrió paso entre los pupitres y llegó al pasillo. Sintió pedazos de cristal bajo los pies. Entonces...

¡CLANG! ¡CLANG! ¡CLANG!

Todas las puertas de los casilleros se abrían y cerraban de golpe al mismo tiempo. Lo mismo hacían las puertas de los salones de clase.

Pero lo peor fue lo que Samuel vio a continuación. Había alguien al final del pasillo... Alguien que parecía un esqueleto.

Las luces parpadeaban y las puertas sonaban. Pero la figura no se movía. Estaba allí, totalmente inmóvil y miraba fijamente a Samuel.

UN PELIGRO REAL

6

De pronto, la figura comenzó a correr hacia Samuel. ¡Era el Sr. Necrocomio!

—¿Qué pasa? —gritó Samuel.

—No hay tiempo para explicaciones. ¡Al suelo! —gritó el Sr. Necrocomio.

¡Una de las mangueras de incendio del pasillo había cobrado vida!

Parecía el largo tentáculo de un pulpo. La manguera golpeó al viejo haciéndolo caer. Y entonces atacó a Samuel.

El chico se agachó y sintió la manguera pasar sobre su cabeza. **¡BLAM!**

La pesada boca de metal golpeó los casilleros.

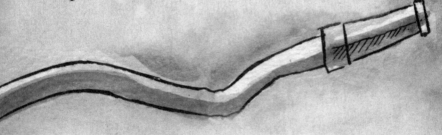

—¡Por poco me pega! —dijo Samuel sin aliento. La manguera seguía dando latigazos en el aire.

—¡Pelea con ella! —gritó el Sr. Necrocomio.

—¿ESTÁ LOCO? —replicó Samuel.

—¡Agárrala! —gritó el Sr. Necrocomio desde el suelo.

Samuel tragó en seco. La manguera seguía restallando por todas partes. El chico dio un salto y la manguera le pasó bajo los pies. En ese momento se lanzó sobre ella y la agarró con todas sus fuerzas.

—¡*AHHH*! —chilló.

—¡Ata la manguera! —gritó el Sr. Necrocomio.

Samuel agarró la manguera y comenzó a forcejear. Con mucho esfuerzo, logró darle una vuelta y anudarla como si fuera un gigantesco cordón de zapato. ¡Parecía que se ahogaba!

La manguera cayó al suelo.

¡BAM!

Al instante cesó el caos: la manguera y las puertas dejaron de moverse y las luces dejaron de parpadear.

—Hacía mucho tiempo que la escuela no se ponía tan activa —dijo el Sr. Necrocomio levantándose del suelo.

—¿Qué? —dijo Samuel sin poder creer lo que acababa de escuchar.

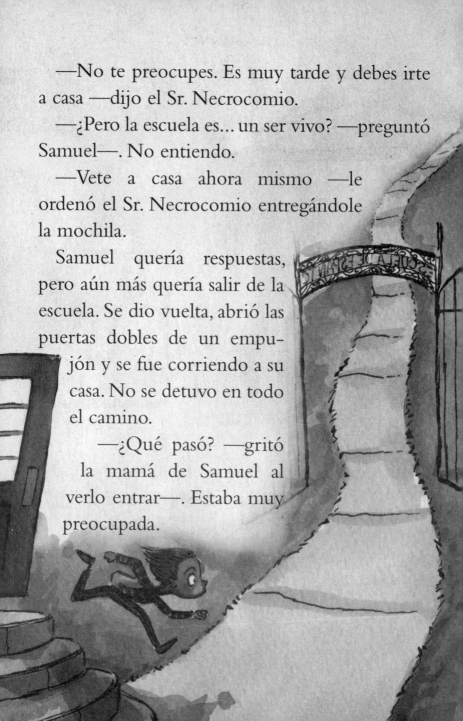

—No te preocupes. Es muy tarde y debes irte a casa —dijo el Sr. Necrocomio.

—¿Pero la escuela es... un ser vivo? —preguntó Samuel—. No entiendo.

—Vete a casa ahora mismo —le ordenó el Sr. Necrocomio entregándole la mochila.

Samuel quería respuestas, pero aún más quería salir de la escuela. Se dio vuelta, abrió las puertas dobles de un empujón y se fue corriendo a su casa. No se detuvo en todo el camino.

—¿Qué pasó? —gritó la mamá de Samuel al verlo entrar—. Estaba muy preocupada.

Samuel dejó caer la mochila en el suelo de la cocina. Sacudió las piernas para quitarse las zapatillas. Una de ellas salió volando y por poco golpea a su mamá en la cabeza. La otra dio contra un gabinete.

—Mamá, no me lo creerías si te lo contara —dijo Samuel, pero aun así, comenzó a contarle—: Primero, estuve a punto de ser engullido por arenas movedizas. Luego, un árbol entró en el salón de clases por la ventana y...

—Samuel —lo interrumpió su mamá—, dime la razón *real* por la que llegaste tarde.

Samuel suspiró. Por supuesto, su mamá no le iba a creer. Antonio y Lucía tampoco le habían creído.

—Estuve de monitor de pasillo —dijo Samuel finalmente.

¡CRÉANME!

7

—Yo, Peter Pan, desafío a Noodler, el pirata bueno, a un duelo —gritó Antonio agitando una espada imaginaria en el aire.

Era martes por la mañana y Samuel, Antonio y Lucía iban caminando hacia la escuela. Estaban practicando sus papeles de la obra de teatro.

Sin embargo, Samuel no se podía concentrar en lo que debía decir. No podía dejar de pensar en lo que había sucedido el día anterior. Antonio se echó a reír.

—Samuel, tu papel es el peor de la obra. Sólo tienes que decir unas líneas al final. Y en serio, ¿quién quiere ser un pirata *bueno*?

—¿Qué? —dijo Samuel.

—Samuel no está prestando atención —dijo Lucía un poco molesta—. Esta obra de teatro va a ser un desastre. Nos va a salir todo mal.

Antonio palpó uno de sus bolsillos sonriendo.

—No, porque llevo aquí el sándwich de la suerte.

Antonio y Samuel eran amigos desde kindergarten. Y desde que Samuel lo conocía, Antonio había llevado en un bolsillo un sándwich de mantequilla de maní y jalea. A veces llevaba el mismo sándwich durante varias semanas.

A Samuel aquello le parecía un poco repugnante, pero también un poco genial.

—Oigan, les tengo que decir algo —dijo Samuel deteniéndose. Miró a su alrededor para comprobar que no había nadie cerca e hizo que sus amigos se acercaran—. ¿Recuerdan las arenas movedizas de las que les hablé ayer? Sé bien que no me creyeron, pero después de las clases sucedieron cosas *aún* más increíbles. Mientras estaba de monitor de pasillo me quedé dormido...

—¡Eso sí lo creo! —bromeó Antonio.

—Escuchen —dijo Samuel—. Cuando desperté, la escuela era una locura. Fui atacado por el roble. Luego el Sr. Necrocomio me salvó, pero sigo creyendo que es un tipo malo... o al menos un hombre muy raro.

—Te estás volviendo loco —dijo Antonio frunciendo el ceño.

—Me preocupas, Samuel —añadió Lucía.

Samuel se pasó la mano por el pelo.

—Esperen hasta que lleguemos a la escuela. Ya verán. Van a ver la ventana rota y los casilleros abiertos. Y la manguera de incendios está atada en un nudo.

Cuando llegaron a la escuela, Samuel se adelantó y subió los escalones de la entrada.

Lo que vio entonces lo dejó sin aliento.

Todo estaba en su lugar. La manguera estaba enrollada y los casilleros cerrados.

—No... —susurró Samuel—. Esto no tiene sentido.

Antonio le golpeó suavemente el brazo.

—Tienes que tranquilizarte un poco, chico. Estás teniendo *muchas* pesadillas.

La campana había sonado indicando el inicio de las clases. La inmensa ventana del salón de la Sra. Gómez no estaba rota. Hasta el roble parecía normal.

¡RIIIIN!

Era una mañana de martes cualquiera.

Pero no para Samuel.

El chico quería respuestas, y pensaba que sabía dónde podría hallarlas. Pero primero...

—¡Samuel, apúrate! —dijo Lucía corriendo hacia el salón.

Samuel dejó escapar un gruñido. Primero tenía que revisar los pasillos para luego poder ir a su salón. Las respuestas que buscaba tendrían que esperar.

EN LA OSCURIDAD

8

En cuanto sonó la campana del recreo, Samuel fue en busca del Sr. Necrocomio.

Lo vio cerca del clóset del conserje. Lo observó abrir el clóset. El Sr. Necrocomio miró hacia ambos lados del pasillo, como si tuviera miedo de que lo estuvieran vigilando. Entonces, muy despacio, metió una mano en el clóset. Agarró la bombilla eléctrica, que se mecía en el aire alumbrando débilmente, y la haló dos veces.

¡BRUMMM! Se oyó un ruido a medida que la pared del fondo del clóset comenzaba a moverse.

"¡Una puerta secreta!", se dijo Samuel.

El Sr. Necrocomio entró por ella. Samuel tragó en seco. Las gotas de sudor le rodaban por la frente. Tenía que averiguar la verdad de lo que sucedía en la Escuela Primaria de Espanto. Y ésta era su oportunidad.

Samuel cruzó el pasillo a toda velocidad. Entró en el clóset y cerró la puerta. Enseguida se metió por la puerta secreta.

Había entrado en una gran habitación donde había sacos de boxeo, piezas de viejos casilleros y pupitres de escuela con tres patas. La habitación estaba oscura y olía a humedad.

—Oiga, Samuel Cementerio —dijo el Sr. Necrocomio—. Estaba esperando por...

—¿Qué fue lo que pasó ayer? —preguntó Samuel interrumpiéndolo—. ¿Y por qué está todo hoy como si no hubiese pasado nada? Sé que no imaginé las cosas: pasaron de verdad.

—No imaginaste nada —le dijo el Sr. Necrocomio—. Pon la mano contra la pared, Samuel, y concéntrate.

—Está loco —dijo Samuel.

—¿Quieres saber la verdad o no? —dijo el Sr. Necrocomio.

Samuel dejó escapar un suspiro y puso la palma de la mano contra la pared de ladrillos. La habitación estaba en absoluto silencio.

Entonces lo oyó: el suave sonido de una corriente de aire. Y lo sintió: el movimiento de la pared.

Era la escuela. *Estaba respirando.*

Samuel se apartó de la pared.

—¿Qué... qué pasa? —dijo tartamudeando.

El Sr. Necrocomio se acercó a él. En medio de las sombras, su cara parecía casi inhumana.

—La Escuela Primaria de pueblo Espanto... está viva —dijo el Sr. Necrocomio.

—No puede ser. ¡Es imposible! —respondió Samuel negando con la cabeza.

—Esta escuela es un ser vivo, por eso respira —continuó el Sr. Necrocomio—. Es una bestia, un monstruo. Y sólo una persona puede proteger a sus estudiantes.

—¿Quién? —preguntó Samuel en voz baja.

El Sr. Necrocomio se inclinó hasta quedar cara a cara con Samuel.

—Tú, Samuel Cementerio, el monitor de pasillo —dijo.

¿UN HÉROE?

En una habitación oculta y muy rara, ¿aquel hombre le estaba diciendo a Samuel que la escuela estaba *viva* y que él tenía que proteger a todos? No podía creerlo.

—Hace tiempo, yo también fui monitor de pasillo —dijo el Sr. Necrocomio—. El *primer* monitor de pasillo de esta escuela. Y desde entonces he estado aquí luchando contra ella y protegiendo a sus estudiantes. Pero ya estoy viejo y débil. Y la escuela *lo sabe*. La escuela sabe que ha llegado *la hora* de atacar. Está planeando algo grande.

Samuel se dejó caer en un pupitre. Estaba erizado de pies a cabeza.

—Pero, ¿cómo es posible que la escuela esté viva? No entiendo —dijo.

—El origen del poder de la escuela es un misterio. Lo que sí sé es que *es mala*. Se alimenta de los estudiantes, y hace mucho que no come. Está hambrienta... —dijo el Sr. Necrocomio. A Samuel le saltaba el corazón en el pecho, pero el viejo continuó su relato—: Como monitor de pasillo, tú puedes sentir la escuela, puedes ver, sentir y oír lo que para los

demás pasa desapercibido. Pero tienes que tener
mucho cuidado, pues la escuela también puede
sentirte a ti. Ya te ha atacado dos veces. Sabe
que eres su enemigo —Samuel tragó en seco.
Y entonces, el Sr. Necrocomio dijo—: Tú tienes
que ser ahora nuestro héroe, Samuel.

"¿Héroe? ¿Podré yo ser un héroe?", se preguntó
Samuel.

El chico pensó en las arenas movedizas, el árbol
y los casilleros.

"¿Y si esas cosas les hubiesen sucedido a Lucía o a Antonio? ¡La escuela se los habría comido! Y si la escuela está planeando algo grande, entonces mis amigos están en peligro..."

Samuel encaró al Sr. Necrocomio.

—Está bien. Haré lo que tenga que hacer —dijo.

—Muy bien —dijo el Sr. Necrocomio sonriendo.

—¿Y ahora qué? —preguntó Samuel.

—Ahora comienza tu entrenamiento —dijo el Sr. Necrocomio halando una sucia sábana blanca que dejó a la vista lo que parecía ser un gran monstruo de metal. A continuación, salió por la puerta secreta dejando a Samuel solo... o al menos eso fue lo que él pensó.

LA MÁQUINA

10

Aquella gigantesca cosa de metal estaba hecha de piezas de diferentes aparatos: un viejo refrigerador, pedazos de una máquina expendedora y casilleros rotos. Tenía una cabeza oxidada con restos de pintura roja. De su cuerpo asomaban escobas, cubetas y palos de hockey.

Samuel respiró profundo. Iba a acercarse a la máquina cuando escuchó una voz.

—¡Samuel!

El chico se dio vuelta. Era Antonio.

—¡Antonio! ¿Qué haces aquí? —exclamó Samuel.

—Te seguí porque estabas actuando muy raro. Me escondí detrás de unos trastos ahí —dijo Antonio.

—¿Escuchaste lo que dijo el Sr. Necrocomio? ¿Le crees? —le preguntó Samuel a su amigo.

—Sí, lo escuché, pero creo que los dos están locos —dijo Antonio acercándose a la máquina. Vio una nota sujeta con cinta adhesiva. La arrancó y añadió sonriendo—: Quizás no les crea, pero te ayudaré a entrenarte. Esta máquina monstruosa es espectacular.

Samuel:
Esta máquina te atacará como la escuela. Debes vencerla. En eso consiste tu entrenamiento. ¡Buena suerte!
—Sr. Necrocomio

Samuel se animó un poco. Poder contar con su amigo hacía que se sintiera mil veces mejor.

—Mira, tiene un interruptor al frente —dijo Antonio.

Lo cambió de posición y la máquina se encendió al instante.

Antonio dio un salto atrás. La máquina comenzó a moverse hacia donde estaba Samuel. La parte superior giró para lanzar un golpe con el palo de hockey. Samuel se fue por detrás de la máquina, que giró la cabeza y comenzó a lanzar pelotas de tenis por sus grandes ojos redondos.

—¡Cuidado! —dijo Antonio.

Samuel se cubrió la cara con las manos, pero los pelotazos que recibía lo derribaron. Comenzó a golpear el suelo con los puños.

—¡Esto es ridículo! ¡No sé cómo defenderme!
—gritó.

Antonio le extendió la mano y lo ayudó a
levantarse.

—Usa cualquier cosa que veas a tu
alrededor —dijo.

¡Fuiiii!

Una pelota de tenis pasó volando entre Samuel y Antonio. Antonio se lanzó detrás de una lata de basura para protegerse. Samuel miró a su alrededor y vio un desvencijado casillero.

"Eso es impenetrable", pensó.

Agarró la puerta del casillero, se la puso como un escudo y avanzó hacia la máquina. Las pelotas de tenis rebotaban en el escudo. Cuando Samuel estuvo cerca de la máquina, lanzó la puerta del casillero al suelo, se trepó sobre el monstruo y le arrancó el cable eléctrico de la cabeza.

La máquina retumbó y tosió. Finalmente hizo silencio.

Samuel saltó al suelo.

—¡Guau! —dijo Antonio rascándose la nuca—. Oye, campeón, tú eres un tipo increíble, ¿lo sabes?

Samuel lo miró sonriendo.

—Y esto es sólo el comienzo —dijo.

ALGO MUY GRANDE

11

Durante los dos días siguientes, Samuel y Antonio entrenaron todo el tiempo: antes de las clases, durante el recreo y después de las clases. Ahora Lucía pensaba que sus dos amigos estaban locos.

A veces el Sr. Necrocomio se asomaba para ver cómo iba el entrenamiento de Samuel, pero el viejo no hacía mucho más. Samuel se daba cuenta de que el Sr. Necrocomio se sentía débil. Ahora le tocaba a él proteger la escuela.

El jueves, cuando Samuel iba caminando solo hacia su casa, las palabras del Sr. Necrocomio resonaron en su cabeza: "La escuela está planeando algo grande".

"¿Y qué podría hacer la…?"

En eso estaba pensando Samuel cuando sintió unos dedos fríos en la espalda.

—¡Eh! —chilló Samuel dándose vuelta—. ¡Lucía, me asustaste!

—¿Pensaste que la escuela estaba tratando de comerte? —dijo Lucía—. No sé en qué han estado metidos Antonio y tú durante los últimos tres días, pero más les vale que estén preparados para mañana.

—¿Para mañana? —preguntó Samuel.

Lucía miró al cielo con incredulidad y le puso en las manos a Samuel una hoja de papel estrujada.

El viernes
a las 7:00 p.m. en la Escuela Primaria de Espanto la clase de tercer grado de la Sra. Gómez presentará

Peter Pan

¡Todos los estudiantes, padres y maestros están invitados!

Al leer el anuncio, Samuel sintió que el corazón se le salía por la boca. Ahora sabía cuándo la escuela iba a atacar.

12

Era la noche del estreno y el teatro de la escuela estaba repleto.

Samuel asomó la cabeza por el telón rojo y observó que había cientos de padres y maestros en la sala. Vio incluso a su mamá y al hermanito de Lucía en el público.

En los camerinos, los estudiantes se estaban poniendo los disfraces. Antonio,

que hacía de Peter Pan, estaba vestido de verde
de pies a cabeza. Lucía llevaba puesto un vestido
amarillo como Wendy.

—Tengo el presentimiento de que va a pasar
algo *muy* malo —le susurró Samuel al oído a
Antonio—. Quizás deberíamos suspender la
obra. Le podríamos decir a la Sra. Gómez que...

—Samuel, todos van a creer que estamos locos
—dijo Antonio interrumpiéndolo—. De hecho,
yo no estoy seguro de que no lo estemos.

Samuel dejó escapar un suspiro.

—Además —añadió Antonio—, tengo en el bolsillo mi sándwich de la buena suerte. No va a pasar nada malo.

—El sándwich de la buena suerte... —dijo Samuel mirándolo con incredulidad.

Antes de que pudiera concluir la frase, se apagaron las luces en la sala. El público hizo silencio. La obra estaba a punto de comenzar.

Lucía se acercó apresuradamente y se llevó a Antonio hacia el escenario.

—Deséanos suerte, Samuel —susurró Lucía saliendo a escena con Antonio.

—Buena suerte —dijo Samuel.

Dos horas después, Samuel tenía una sonrisa de oreja a oreja en la cara. No lo podía creer: la obra marchaba sin contratiempos. Lucía decía sus parlamentos a la perfección, Antonio era genial en el papel de Peter Pan y el público aplaudía con ganas.

Quizás se había preocupado sin razón.

La escena siguiente era el gran final. Antonio y Lucía estaban colgados de cables a gran altura sobre el escenario, como si estuvieran volando.

—Samuel —dijo la Sra. Gómez—, ya te toca salir a escena.

—Muy bien —murmuró Samuel. Entonces salió al escenario y comenzó a hablar—: "Soy Noodler, el pirata bueno del Capitán Garfio, y les ordeno...

Samuel se detuvo. Sintió que algo se movía bajo sus pies...

Samuel se quedó paralizado. ¡La escuela había estado esperándolo! Ahora que estaba en el escenario, volvía a cobrar vida.

Había llegado el momento.

Algunas personas del público comenzaron a murmurar. Creían que a Samuel se le había olvidado lo que tenía que decir.

Pero a Samuel ya *no* le preocupaba eso.

Le preocupaba lo que vio a continuación: el escotillón, la puerta del piso del escenario, comenzó a abrirse.

Desde lo alto, Lucía y Antonio también veían lo que sucedía. El escotillón se abría cada vez más. Era como si el escenario de madera de repente fuera de goma.

El corazón de Samuel saltó desbocado cuando miró hacia la oscuridad. Allí vio el verdadero terror.

Bajo el escenario, cientos de sillas plegables de metal se abrían y cerraban. Parecían dientes gigantes.

Y en lo alto, por encima de
la boca hambrienta que
era ahora el escotillón,
Antonio y Lucía
colgaban de los
cables. ¡Se los
iba a comer
vivos!

¡ÑAM!

¡ÑAM!

¡ÑAM!

LA BOCA CANDENTE

13

¡Suisssss!

El gran telón rojo se cerró. El público contuvo el aliento. Ahora no veía el escenario.

La puerta de un clóset se abrió a espaldas de Samuel. Entonces, los tablones del piso del escenario se levantaron formando un tobogán. La Sra. Gómez y los demás estudiantes cayeron de espalda y fueron a parar al interior del clóset.

—¡Samuel, comenzó el ataque! —gritó en ese momento el Sr. Necrocomio.

El viejo corrió hacia el chico, pero las cuerdas del telón lo atraparon y lo lanzaron al clóset con los demás. La puerta se cerró de un golpe.

A continuación se apagaron las luces. Sólo quedó un reflector encendido. Alumbraba a Samuel, Lucía y Antonio. "El público no puede ver y los maestros y los estudiantes están atrapdos dentro del clóset —pensó Samuel—. ¡Sólo yo puedo salvarlos a todos!"

La boca hambrienta comenzó a empinarse desde el hueco bajo el escenario como si fuera un gusano que sale de la tierra.

Lucía y Antonio comenzaron a patear y a gritar.

—¿Qué es eso? —chilló Lucía.

Antonio se revolcaba colgando del cable, tratando de alejarse de los dientes gigantes. En una de sus volteretas, el sándwich de mantequilla de maní y jalea se le cayó del bolsillo y terminó en la inmensa boca salpicándolo todo.

A Samuel se le ocurrió una idea.

—Ya regreso —gritó.

—¡No nos abandones, Samuel! —chilló Lucía. Estaba tratando de zafarse del cable.

—Confía en mí —dijo Samuel pasando por encima de la inmensa boca.

Al público se le cortó el aliento cuando vio a Samuel saltar desde detrás del telón. El chico corrió a toda velocidad por la sala hasta llegar al pasillo.

Cuando llegó al final del mismo, Samuel abrió la puerta de la cafetería de la escuela. Estaba a oscuras y en silencio, pero tan pronto entró, *cobró vida*. Las sillas comenzaron a estremecerse. Las largas mesas, a contorsionarse, y las lámparas, a mecerse.

Un profundo gemido salió de uno de los altoparlantes de la pared. La Escuela Primaria de Espanto estaba aullando.

AAAuuuuuuuuu

Samuel tenía que llegar a la cocina, pero cada paso que daba parecía enojar más a la escuela. Los paquetes de galletas explotaban. Las mesas se ponían patas arriba. Las bombillas de luz estallaban sobre su cabeza.

De repente, la máquina expendedora comenzó a dispararle botellas de agua. Una le dio en el pecho, haciéndolo caer de espaldas al suelo.

"No lograré llegar a la cocina —pensó—. A menos que..."

Samuel pensó en el entrenamiento y recordó que Antonio le había dicho que usara cualquier cosa que tuviera a mano para defenderse.

El chico se levantó de un salto, agarró una bandeja de almuerzo anaranjada y se la puso sobre el pecho. Saltó sobre una mesa y corrió por ella. Mientras corría, la máquina expendedora seguía lanzándole botellas de agua.

Pero las botellas rebotaban en el escudo.

Al llegar al extremo de la mesa, Samuel saltó al suelo y rodó por él hasta la cocina.

Y entonces vio algo que podría salvar a sus amigos.

¡PUFF! ¡PUFF!

¡CÓMETE ESTO!

14

Samuel alzó la vista hasta un gran barril de mantequilla de maní. Estaba en lo más alto de una pila de alimentos que habían puesto sobre una mesa. Le dio un empujón a la mesa y saltó hacia atrás. Los potes de salsa secreta y las latas de sopa cayeron estrepitosamente al suelo... junto con el barril de mantequilla de maní.

MANTEQUILLA
DE MANÍ
EXTRA
GRANDE
PAS
DE
TOMA
PAPAS
Salsa
Secreta

Samuel sacó el barril rodando hacia el comedor. Le dio un buen empujón y el barril fue rodando y abriéndose paso por todo el pasillo.

¡PAFF! El barril apartó de un golpe una de las monstruosas sillas.

¡BUM! El barril golpeó un bote de basura que se acercaba dando vueltas.

¡CLAN, CLAN, CLAN! El barril se abrió

paso entre las puertas de los casilleros.

El barril de mantequilla de maní arrollaba con todo lo que se pusiera en su camino.

Finalmente, Samuel llegó a los camerinos detrás del escenario. Lucía se le acercó corriendo.

—¡Lucía! —gritó Samuel—. ¿Cómo bajaste?

—Logré zafarme, pero no pude ayudar a Antonio. Sigue atrapado en lo alto y...

Samuel no esperó a que terminara de hablar. Empujó el barril hacia el escenario y alzó la vista. La gigantesca boca era más grande que nunca. Ahora la formaban cientos de sillas plegables que juntas formaban cientos de dientes. ¡Dos de los dientes ya mordían el pantalón verde de Antonio!

—¡Auxilio! —gritaba Antonio.

—Samuel, ¿qué hacemos? —preguntó Lucía.

—Sígueme —dijo Samuel.

La boca estaba a punto de darle un mordisco a Antonio.

—Oye, Escuela Primaria, ¿tienes hambre? —gritó Samuel.

La monstruosa boca se volteó hacia Samuel y Lucía, apartándose de Antonio. Entonces dejó escapar un gruñido.

¡¡¡GRRRRR!!!

Samuel y Lucía no retrocedieron. Se quedaron

Lucía se agarró del brazo de Samuel y el chico aguantó la respiración.

La gigantesca boca venía en su busca y las tablas del piso del escenario comenzaron a separarse. Samuel miró al interior de la inmensa boca que lanzaba mordiscos por todas partes. Ya estaba sobre ellos.

—¡AHORA! —gritó Samuel.

Él y Lucía patearon el pesado barril de mantequilla de maní con todas sus fuerzas.

El barril fue rodando por el escenario directamente hasta la inmensa boca. Los dientes mordieron el barril y...

El barril se abrió derramando galones de mantequilla de maní por todas partes. La pegajosa mantequilla llenó la boca del monstruo. Sus mordiscos se hicieron más y más lentos, hasta que cesaron.

Lucía y Samuel chocaron los cinco.

—¡Lo lograste! —gritó Antonio desde lo alto.

—No habría podido hacerlo sin ti —dijo Samuel sonriendo.

La boca pegajosa retrocedió y se metió de nuevo en su agujero bajo el escenario. El escotillón se cerró.

En un momento, el suelo del escenario recuperó su aspecto normal.

Todo había terminado.

La Escuela Primaria de Espanto estaba en silencio.

Y entonces, de repente, se abrió el telón.

SAMUEL CEMENTERIO, MONITOR DE PASILLO

15

Las luces se encendieron. La puerta del clóset se abrió. La Sra. Gómez, el Sr. Necrocomio y los estudiantes salieron dando tumbos del clóset.

Por un momento, todos se quedaron en silencio. El público miraba confundido.

—Eh..., bueno, un aplauso para los chicos. ¡Fue una representación extraordinaria! —dijo la Sra. Gómez.

La mamá de Samuel comenzó a aplaudir.

—¡Qué gran actuación, Samuel! —gritó.

En seguida todos comenzaron a aplaudir. Nadie tenía ni la más remota idea de lo que había sucedido realmente.

Lucía ayudó a Antonio a bajarse del cable y luego se acercó a Samuel.

—¿Y ahora qué? —susurró.

—Ahora saludamos al público con una inclinación de cabeza —dijo Samuel sonriendo.

En los camerinos, los estudiantes se estaban cambiando.

El Sr. Necrocomio llamó a Samuel a un lado.

—Lo hiciste muy bien, Samuel Cementerio —dijo—. Todos están ahora en buenas manos —añadió, y se fue caminando.

Samuel fue adonde estaban sus amigos.

—¡Les dije que la escuela estaba viva! ¿Me creen ahora? —dijo.

Antonio y Lucía comenzaron a hablar tan rápido que Samuel apenas los entendía.

—No se preocupen. Les voy a contar *todo* lo que pasó —respondió.

Y eso fue lo que hizo. Mientras esperaban por sus padres, Samuel les contó a sus amigos todo lo que sabía sobre la Escuela Primaria de pueblo Espanto.

La escuela, iluminada por la luz de la luna, proyectaba una gran sombra. Dos ventanas inmensas estaban abiertas y dentro se veían dos bombillas brillar como ojos que observaban a los tres amigos.

Samuel metió una mano en la mochila. Palpó la banda de monitor de pasillo que sólo unos días antes le daba vergüenza usar. Ahora sintió unos repentinos deseos de ponérsela. Sabía que la Escuela Primaria de pueblo Espanto pronto volvería a atacar...

Jack Chabert fue monitor de pasillo en la escuela primaria Joshua Eaton en Reading, Massachusetts. Pero a diferencia de nuestro héroe, Samuel Cementerio, su escuela no estaba viva. La experiencia de Jack como monitor de pasillo fue mucho menos emocionante que la de Samuel, ¡y mucho menos aterradora!

Hoy en día, Jack Chabert merodea los pasillos de un edificio muy distinto a su escuela primaria, el viejo edificio de apartamentos donde vive en la ciudad de Nueva York. Pasa el día jugando videojuegos, comiendo lo que aparece y leyendo cómics. Por la noche, camina por los pasillos, siempre listo para cuando el edificio cobre vida.

Sam Ricks estudió en una escuela embrujada, pero no tuvo la oportunidad de llegar a ser monitor de pasillo. Y, por lo que recuerda, la escuela nunca trató de engullirlo. Sam obtuvo una maestría en diseño en la Universidad de Baltimore. Enseña diseño e ilustración en The Art Institute of Salt Lake City, en Utah. Ilustra historias raras desde su cercana, cómoda y no carnívora casa.

Escuela de Espanto

¿La escuela está VIVA?

¿**Q**ué son las **arenas movedizas**? En base a lo que aprendiste en este libro, ofrece una definición.

¿**Q**uién es el Sr. Necrocomio? ¿Cómo ayuda a Samuel?

Mira la ilustración de la página 54. ¿Qué hace Samuel?

¿**C**ómo ayudó el sándwich de Antonio a Samuel y a los demás?

¿**T**e gustaría ser monitor de pasillo? Usa ejemplos del libro para demostrar **por qué** te gustaría y **por qué no**.